老いても人生花ざかり

老境至福人生詩

宇佐美覚了
作家・社会教育家・講演会講師

余生ではなく与生に感謝して
肯定的な言動を継続しながら
生涯の無数の人生苦を昇華し
至福の大輪の花を咲かせよう
花盛り老人になり幸せを実現
実に素晴らしいこの老境人生
老若男女みなが幸せになろう
老いてなお心は盛春花ざかり

はじめに

長い人生を生きた年齢に応じて呼び方がいくつかあります。幼年・成年・壮年・高年などです。私は晩年が近い高年の年齢です。

それぞれの年齢に相応して誰でも程度と内容の差はあっても苦楽はつきものです。高齢になるにつれて、「老」「病」「死」は苦悩の代表として、現実感が増してくるのが一般的な事実です。

しかし、私には、この「老い」「病」「死」の苦悩や恐怖が縮小することは自覚できても決して増大する感じはありません。老いるに従って幸せ感が強まり、感謝と充実感が大きくなってきます。毎日の生活がありがたく、合掌して一日をおくる状況です。

私は超未熟児で誕生し、大病をくりかえし死線を幾度もさまよいました。戦中戦後の激動期に子供時代をおくり貧困生活を体験しました。

このような体験もあってか、今の生活がありがたくてしかたがありません。

さらに老いにともない「老」「病」「死」の現実がせまってくるのは、さけられないことです。悩み苦しんでみても根本的に解決することは不可能です。今ある幸せに満足し、今に感謝し、今を充実させることが先決です。

私にとって、老いの現在の人生は幸せいっぱいです。「老いの幸せ、ありがとう」の日常生活です。私の現在の心境と近況を、「老境至福人生詩」の表現法でまとめてみました。

現在、高齢期の人生をおくっておられる方と共に、老いの幸せ人生を共有したいと願い執筆しました。さらに、将来いつか高齢期をむかえられる多くの人たちのご参考になれば幸せと思って筆をはしらせました。

私の願いを受け入れて、出版の機会をあたえてくださった図書出

版浪速社と、親切なご指導をいただいた同社の杉田宗詞氏に心から
お礼を申し上げたいと思います。

合掌

宇佐美 覚了

平成二十八年一月

老いても人生花ざかり——目次

第五章

苦悩のなかに至福の花がさく

序章

高齢期人生を幸せに生きる具体的日常生活の五大原則

高齢期人生を幸せに生きる具体的日常生活の五大原則

老いの人生を幸せにおくりたいと思うのは共通の願望です。これまで無限の恩恵に支えられ誕生した時から高齢になるまで肉体が活動してこの世で生き続けられたのは感謝しなければなりません。限りない支援によって高齢をむかえられたことに感謝する意味においても、幸せな老いの人生を送りたいものです。

私は超未熟児で誕生し義務教育時代は学校を休むことが多く、死線をさまよう大病を幾度もしました。中学時代に留年も経験しました。体育実技の授業は医師の指示により見学でした。その私が高齢まで生き、今は元気で若々しく日常生活をおくれるのは感謝の言葉をいくら重ねても表現できなく、ありがたいことです。

クラス会では子供のころは健康であった友人が他界していたり、入院生活で出席できないことがあります。義務教育時代の病弱で留年した私を知る仲間は、クラス会で元気な年齢よりはるかに若い顔つきの私を見て、驚いてくれます。

成人してからも実際の年齢よりもずっと若い感じの私を見て、周辺の人たちは本当にそうですかと笑顔で驚かれたりします。

これも全て有形無形の無限の恩恵のおかげです。私の力ではありません。

私は高齢期人生を余生とは思っていません。余生でなく与生です。余りものの人生ではなく、与えてくださっている素晴らしい人生だと考えています。

この与生の高齢期を充実して、楽しく、幸せにおくる心構え、努力をしなくては恩恵に対して申し訳ありません。

私の育った子供時代は日本中が激動の時でした。経済的にも苦しく貧困の時代でした。

　食生活も美味しいものを飲食するどころか、空腹でなければ満足すべき状況でした。従って私は現代社会の子供のように、美味しいものを口にした経験を覚えていません。

　このような子供時代を体験したから今は全て感謝の食生活です。食生活が貧しい状況でしたから、玩具などはなく、小石をひろって遊んだり、庭の折れた木の枝を持って土の上に絵を描いたりしていました。手もとにあるものが遊びの仲間でした。これも考えようによっては、ありがたい体験でした。

　幸せな生活は物が豊かであることが絶対的な条件でないことを子供の時に自然と学んでいたからです。

　私は病弱であり、経済的な面でも貧しかった体験が、人生の幸せ実現には他にも方法があることをいつのまにか学びとっていました。

それは、発想と生き方を変えれば誰でも、充実した幸せ人生が近づいてくることを知ったのです。

日常生活上の発想と生き方の具体例が、本書の第一章から第九章までにまとめてみました。

この内容は観念的であり、抽象的な理想論ではありません。私自身が日常生活のなかで自然につみあげてきた、きわめて具体的で有効な発想と生き方です。

私は老いた今も、人生が充実して楽しく幸せです。

幸せ人生実現の大原則があります。それは、「感謝」「大観」「善行」「三昧」「精進」の五大原則です。その大原則をもとにして、第一章から第九章までの具体的な発想と生き方があるわけです。

私は、本書を手にされて目をとおして下さった方たちと共に、ますます幸せな高齢期人生を満喫したいと心より念じています。

せっかくの与生の幸せ人生です。感謝、感謝です。

1．大原則 一

感謝の生活

毎日が「一日一生」のありがたい人生です。

一日を大切にしておくりたい。

日常生活のすみからすみまで感謝すること

ばかりです。

2. 大原則 二

大観 の生活

細かい小さなことにとらわれずに、広く大きく全体を大局的にとらえて生きる心がけが大切です。

大観生活から人生が広がり、楽しくなります。

3. 大原則　三

善行の生活

人々や社会を良くする善なる言動を続けると、
自分も他者も楽しくなる。
善行は自他の幸せのもとになる。
足もとの小さな善も心して実行したい。

4. 大原則　四

三昧の生活

やりたいこと、やらねばならないことに熱中して集中して続けたい。
三昧を継続すると毎日が充実し、人生が大きく可能性を高めることになる。

5. 大原則 五

精進 の生活

身心を清くする。

仕事などの成果をあげるために、可能な限り雑念をはらって打ちこんで継続したい。

精進の生活は人生の可能性を高めます。

第一章

私の人生は生涯ありがたい

人生は生涯いつも奇跡の連続です。
常に無限の支えをえて生きています。
感謝の日常生活です。

1 毎日がめったにないことの連続

気がつけば私は八人家族の一人に
祖父母と両親に支えられ
姉と二人の兄の輪の中にいた
庭には大きな松の木があった
この世での生活が始まっていた

私は超未熟児で誕生して
肉体はやせ細く顔は青白かった
この子の生命は長くないと
医師はじめ専門家は思ったようだ
しかし家族は念ずるように
成長を願って愛情をこめて対応した
私の人生の奇跡の縁がはじまった

2 他から恩恵や好意を常に受ける

これまでの長い人生のなかで
数えきれない恩恵や好意を受けて
今こうして高齢になるまで生きた
無限の恩恵と好意がなければ
超未熟児で誕生した私が今まで

生きのびられるはずはない
まさに奇跡の連続であったのは
誰もが認める現実でした
戦中戦後の激動の混乱期に
超未熟児で超虚弱児が生きのびた
まさに有り得ることがむつかしい
有り難いことでした

3 いつも無限の加護に守られる

妻が難病になり困りはてた
原因不明で確立した治療法なし
有名な国立大学の医師たちも
手のつくしようがないとの話し
考えうる対応をしようと入院した

私は毎日どんな多忙でも
病院に行き妻の全身に両手をあて
妻の心身に宿る祖先や親に
どうか完治させてくださいと念じた
すると不思議に奇跡的に完治し
二つの大学病院の医師が
そろって驚きの声をあげてくれた

4

新鮮な体験が幸せ感を増強

毎日の生活で二十四時間中
いつでもどこでも一生で
たった一度きりの体験をする
どの体験も全て意味があり
人生に無駄はないと確信している

若いころの大病のくりかえし
死線を幾度もさまよった体験
この苦しい実体験が
今の私の幸せ感を増強している
毎日の生活がいつも新鮮で
ありがたいのです。
今日も一日ありがとう

5 朝夕に感謝の合掌の日常生活

私たち夫婦は朝夕かならず
仏前で祖先と両親に感謝の合掌
さらに夫も妻も
それぞれの心身に祖先と両親の
いのちを受けついでいる

私たち夫婦は起床すると
顔をみつめあって
今日も一日よろしくお願いします
握手と挨拶をします
私たち互いに対すると同時に
祖先と両親への握手と挨拶です
祖先と親のない人はいないからです

第二章

老化にともない幸せ感が充満

老化すると不安がますと一般に考えられます。
しかし満足と幸せ感が充満しています。
事実です。

1 肉体は老化しても心は盛春

高齢者になると誰でも
肉体活動の退化は実感します
この世に肉体の存在する時間も
日に日に少なくなるのも現実です
肉体の死滅の恐怖と不安は

あって当然かもしれません
それでもわたしは不思議にも
肉体の老化や死滅を気にしません
私のいのちは永遠に存在すると
確信しているからです
肉体の老化はあっても
私の今の心は盛春の真っ盛りです

2 高まる時間の密度の生きがい

肉体が存在し活動する時間数は
毎日まちがいなく少なくなります
悔いを少しでも小さくして
肉体の死滅をむかえたいのです
同じ一日でも時間の密度は

若い時代とは格段の差があります
老境にはいり時間の密度は
日に日に高まってきています
寝る時間はしっかり睡眠をとり
日中は出来る限り仕事をしていたい
食事もよく噛んで味わいたい
大切な人生であり時間なのです

3 感謝の心の強化が幸せ感を拡大

日本語には素晴らしい言葉が多い
お蔭さまと有り難うの感謝の心
目に見えない蔭でも支援を受け
有りえないような恩恵や配慮を
常にいただきながら長年すごした

今日もまたまったく同じです
お蔭さまと有り難うの生活です
衣食住のすべてにおいて
感謝の現実がうめつくされている
人間関係も無数の人たちから
支援され守られて生きています
お蔭さまと有り難うの毎日です

4 自己実現の願望で毎日が充実

生存と生活は明白な差異があります
人間がいきるとは何かと考えると
肉体が生き続けることも意味がある
肉体を働かせて生命を活用する生活
可能ならば生命の活用をしたい

私は子供のころは病弱で
死線をさまよったことがあり
その子供の時代の自己実現は
とにかく生き続けることが願望
健康体になってからは
生命の活用度を高めることが
私の自己実現の願望になりました

5 もっと社会貢献をしたい

人間として満足しうる生活をしたい
誰もが共通にもつ基本的な願い
自己の日常生活の衣食住の安定
これも動物の一種としての人間には
絶対に必要で不可欠な要因です

しかし老いた今ではしだいに
自己の生活の安定よりも
社会貢献の願望が高まっています
無報酬の社会貢献をと考えている
肉体が消滅した後に残った衣食住は
私にとって価値がなく必要なしです
生命あるうちの社会貢献がしたい

第三章

生かされ守られている生活

人間は一人では生きられない。
この世で生活するには、限りなく生かされて守られています。

1 無数の人間の世話になっている

親のない人間はいない
祖先のない人間もいない
数えきれないいのちの継続
私の心身には多くのいのちが存在
ありがたい縁に感謝して生きたい

幼くして気がつかないうちから
家族や近所の人たちから愛をうけ
成長するに従いお世話になった人達
今では顔も意識したり記憶にない
人たちが限りなく多い
老いるにつれて感謝の気持がます
毎日、感謝の合掌をしている

2 動植物の生命の犠牲のお蔭

動物の仲間である人間は
いつも何かを食べないと
生命を維持できない存在です
この世に生まれてから
動植物の生命をうばいとり

今こうして自己の生命を維持
私たちは飲食する時に合掌して
「いただきます」と言う
動植物の生命をいただきます
懺悔と感謝の言葉です
高齢になった現在まで
心から合掌しているか反省している

3 限りなく環境の恩恵を受ける

人間は社会的動物です
社会から他の人間からうける影響
環境の中で人間は育っていきます
知らず気づかぬうちに自然に
多くの恩恵をうけています

両親は貧しくとも正直に
自分のやるべき任務や仕事をする
不平や不満を口にしない生き方
私も親の水準まで達していないが
いつのまにか親の生き方を真似る
今ふりかえってみると私は
各種のとりまく環境に恵まれ感謝

❹ 祖先や親のいのちを継続

祖先の数は二十五代で
三千三百五十五万人をこえるそうだ
知らないだけで私たちの祖先は
二十五代をはるかにこえています
この大変な数の祖先の人たちが

私の生命となり生活を支えて
守ってくださっているのです
私の心身には祖先や親がいます
祖先や親を悲しませる生き方は
決してしない覚悟をしたい
可能な限り喜んでもらえる生き方
私は祖先や親に守られ幸せです

5 大自然に支えられて生活する

大自然は偉大で素晴らしい
朝になり東から昇る太陽
夜空にかがやく星や月を見て
自然と感嘆し感動して
いつのまにか私は合掌している

このように美しくすてきな
地球上で絶えず戦いがたえない
悲しい現実に大自然は納得しえない
私たち人間は互いにゆずりあい
仲よく平和な生活をしたい
その第一歩として家族や近所の人と
平和で平安な生活をする努力が大切

第四章

老いた現在の私の人生観

それぞれの年齢で幸せはある。
その中にあって高齢期の幸せは、また格別に
幸せでありがたい。

1 人間として誕生した縁を喜ぶ

私は子供のころより今まで
犬が大好きで飼い続けています
いつも犬の頭をなでながら
今度は人間に生まれてほしいね
話しかけると愛犬は尾をふる

私は人間は動植物の中で
一番すばらしい存在とは思えない
動植物の生命をうばいながら
人間は自分の生命を動植物に
与えない罪ふかい存在です
そのことに懺悔しながら
人間としてしっかり生きたい

2 他者の幸せを心より祈願

私は毎日の生活のなかで
近くの仏閣と神社に行き手をあわす
地上の全ての人が少しでも幸せにと
さらに毎朝の仏前での礼拝で
同じように手をあわせて

地上の人の幸せを念じます
私自身も幸せでありたいと願う
当然のことながら他者の幸も願う
人種や性別などまったく関係なく
全ての人が幸せであるなら
自分も幸せ度が増します
戦争は地上から永遠になくしたい

3 欲望を少なく満足の心を多く

戦中戦後の貧しい時代に
子供時代をすごした私は
若いころはかなり物質欲があった
大きな家に住み高級な家具をもち
美味しい食事をする人を

うらやましく思って見ていました
いつかは憧れの生活をしたいと
願い続けて私なりに働き続けました
しかし老いた今は若いころの願望は
すっかり消えてしまいました
幸せは欲望をふくらませずに
満足を知ることだと悟りました

4 毎日を感謝して楽しく生活

子供のころは病弱で大病を重ねて
幾度か死線をさまよいました
私は健康であることは素晴らしく
ありがたいことだと体験している
小中時代は休みがちでした

今はお蔭さまで健康です
健康であることに心から感謝して
楽しく毎日を生活しています
この健康を活用して
少しでも自己実現と社会貢献をして
一人の人間としてより充実した
高齢人生を満喫したく思っている

5 最後は全て受けいれる覚悟

旅でも出発があれば到着がある
人生を考えても同じです
肉体の誕生があれば死滅がある
この世での人生劇を終えるとき
できる限り後悔をしないように

毎日をより充実して生きたい
私は両親や兄の葬儀の時も
涙が特別に流れなかった
良好で楽しい親子や兄弟の関係が
私たちの間でなりたっていたから
愛犬を二度なくした時も同じだった
何ごとも最後は全て受けいれたい

6 老いは淋しくない

高齢者同士が会って話をすると
二種のタイプに大別できる
淋しそうな顔つきで不安な人
楽しそうで童顔であり明るい人
私は常日頃から確信している

老いは決して淋しくなく
むしろ楽しくありがたいものだ
高齢までいきられたことに感謝
若くしてこの世を去ったら
体験しえなかった苦楽の人生の味
若いころに死線をさまよい
今こうして老いを楽しんでいる

7 病も友にしたいと念ずる

始めあれば終りあるこれ人生です
いつか病を体験してこの世を去る
ありうる人生の終末の姿と想定
私は病気と徹底交戦するつもりなし
特別な治療はせずに

痛み苦しみを可能な程度とりのぞく
それで充分と子供達に伝えてある
天命をまっとうする時が近づいたら
祖先の墓まいりをして温泉につかり
有り難く素晴らしい人生だったと
青空を見あげ庭の草木に話しかけ
子供たち家族や知人に感謝したい

8 肉体の消滅は当然と笑顔で納得

兄が癌になりました
平然として動揺している様子なく
病気になることもあると平常心
私は驚き感動しました
家族には必要をこえた治療しない

兄は日ごろから伝えてありました
癌にかかりながら与えられた生命を
笑顔で納得しておくりました
両親も同じような姿で天寿を
平常心でまっとうしたのです
私もこの良き姿を真似してでも
素晴らしい最期をおくりたい

9 肉体は有限でいのちは無限

私の死生観は社会制度の基準でなく
肉体の死は私の死ではないのです
私の肉体の活動は終わっても
私のいのちの活動は永遠に続く
肉体は有限でいのちは無限です

例えば私の両親の肉体は今はない
それでも両親のいのちは私の中に
しっかりと生きている
このいのちは私の孫にも存在する
その証拠に孫の顔が私に似ている
私のいのちは子孫につながっている
いのちは限りなく無限なのです

10 地上の恒久の平和と平安を願う

地球は丸くて角がありません
その地球上に住む人間は
どうして角がたつ生き方をしながら
平和的に丸くおさめられないのか
残念でなりません

この地球上に戦争のない時代はなく
いつもどこかで戦闘があります
勝っても負けても犠牲は甚大です
人間は我欲と自己中心的な考え方で
常に生活しているからと思えます
私は恒久平和と人々の平安を願って
今日もミニお遍路を続けている

第五章

苦悩のなかに至福の花がさく

蓮の花は、泥の池とか沼に美しく花ひらきます。
人生も苦悩の中に、美しく素晴らしい結果がある。

1 人生に四苦八苦はさけられない

誕生の状況を選べない

老いる苦しみ、病の苦しみ、死の苦しみの四苦は誰にでもある

さらに各種の思いどおりにいかない四つの苦もあります

生涯いつでもどこでも苦悩にとりか
こまれて生活します
人生は一切皆苦とうけとめて生きる
ことが、苦をのりこえる基本となる
生き方です
苦悩をさけたいと願望すれば、苦に
おいかけられる心境を増すのです

2 苦悩を昇華した後の達成感

人生は常に苦悩の連続です
この苦悩をとりのぞくことは不可能
しかし、苦悩を少なくしたり
のりこえることは可能です
その方法で効果があるのは

自分なりに根気よく精進する
苦に耐えて正直に勉強や仕事をして
たゆまず自分の人生の向上を目ざし
努力を続けます
時々は歩んできた自分の人生を
ふりかえってみると成果の道がある
その歩んだ足跡をみて達成感がある

3 不平や不満の心が不幸のもと

不幸に苦しむ人生の最大の原因は
いつも何かで不平や不満をもち
自分は不幸だと思いこんでいること
よくよく自分の周辺や現状をみると
恵まれて感謝すべきことがある

それも無限に存在している
不幸な人は無いものをさがしまくり
不平や不満を口にしている
実は有るものがいっぱいあるのです
恵まれていることを忘れて
感謝の心や習慣をもっていない
誰でも幸せなのです

4 笑顔での努力が満足感をよぶ

なにごとも成果を得るために
努力を続けるものです
努力する目標があり毎日が充実
このことが幸せなのです
夢と希望をもって笑顔での努力

明るく笑顔で努力を続けると
いつのまにか成果が近づいてくる
若いころは幾度も死線をさまよい
私なりの苦悩を体験しましたが
笑顔を忘れないようにして
挑戦した時には不思議に
良い結果が達成して幸せでした

5 感謝と精進が真の至福を招く

進学や就職さらに結婚の問題は
その後の人生を大きく変化させる
分岐点になるものです
この分岐点の時期をのりこえると
人生の流れは順調にいくことが多い

私は子供のころに医師も克服不能
このように伝えられた病魔に
両親や家族の寝食を忘れる対応で
奇跡的に健康体になりました
私に可能なことは感謝と完治の精進
この感謝と目標達成の精進の体験が
人生を分ける時期にも役立ちました

第六章

私の幸せな日常生活内容

高齢まで生き続けながら、幸せな日常生活は
ありがたいことです。
毎日を大切にしています。

1 早寝早起きと昼寝の習慣

夜は八時に床につきます
朝は四時に起床を習慣にしています
昼寝を昼食後に約一時間
高齢になると特に健康管理が重要
食事と睡眠と運動です

一日三度の食事と散歩は約一万歩
人間の心身はリズミカルな活動で
順調に働くように感じます
夜は見たいテレビ番組があっても
八時に床に就きます
寒い冬でも四時に起床です
心の管理も高齢には大切です

2 祖先と両親への感謝の合掌

洗顔したら妻と今日もよろしくと
ハイタッチして二度目の挨拶をする
その後は仏壇の前で正座して
妻と私の祖先と両親に心からの
仲良く幸せな生活をさせてもらう

感謝の読経と合掌をします
私も妻も幸せな朝の時間です
お互いに幸せになれる配偶者に
出あえたことに感謝している
祖先も両親も私たちの良き夫婦仲を
心から喜んでもらっていると思う
祖先も両親も子孫の幸せを願う

3 全ての人に平和祈願しミニ遍路

人は例外なく皆が平和で平安を願う
それなのに人はしばしば争いを起す
世界戦争をはじめ家族間でも
争いをしたり大喧嘩しても
双方に物心に損失を残し

その後も憎しみが蓄積する
私は平和で平安な生活をしたい
妻も我欲や我執をふりまわし
自分も社会も不幸にしたくはない
私たちは毎朝必ずミニ遍路で
近くの幾つかの仏閣と神社を参拝
地球上の皆の平和と平安を祈願して

4 毎日一万歩の散策

老いの年齢になると過激な運動は
害あって益なしになりそうです
私は毎日一万歩の散策を習慣にして
楽しく家の周辺を歩いている
道ばたに咲く四季それどれの花

鳥のなく声を耳にして楽しむ
散策中に出会う人々との楽しい会話
老いの生活の楽しく充実した時間
妻も一緒に歩いている
愛犬を妻も私もそれぞれ一匹つれて
立ちどまって愛犬と会話もする
楽しい老いの人生の時間です

5 妻と朝のコーヒーを楽しむ

人々の平和と平安を祈願する
ミニ遍路を愛犬と妻と過ごした後
愛犬二匹に朝食を与えて頭をなでる
妻と二人で車に乗って喫茶店に行く
談笑したり新聞を読みながら

幸せな朝のコーヒーを飲む
七店の回数券を買っている
一日ごとに別の喫茶店に行き
コーヒーの味と雰囲気のちがう店で
朝の時間を楽しみます
夫婦が仲よいのは楽しく幸せです
感謝の一日一生の一日の出発です

6 愛犬と朝夕たのしく遊ぶ

子供のころから動物が大好きです
犬や猫はもちろんのこと
兎と亀を飼育したり
数羽の鶏を庭で飼育しました
片田舎で人工的な遊び場所はなく

豊かな大自然の風景いっぱい
私は自然に恵まれた環境のなかで
子供小動物園の園長の気分で
飼育する動物を友にして遊びました
その子供心がいまなお残っています
朝夕二回かならず愛犬二匹と
仲良く遊ぶのが私の幸せの一つです

7 読書や仕事を毎日数時間する

高度で厚い本でなければ
一日に一冊ぐらいの速度で
読書をするのが楽しみです
周辺の人は楽しそうな私の読書に
あなたは痴呆症にならないと笑う

仕事も好きです
定年になり高齢になったら
毎日が日曜日といった生活も
私の知人の中にはいます
私はなにか仕事をしたいのです
何も特にない時はスーパーに行き
妻の買い物の手伝いをします

8 篤志面接委員など社会奉仕活動

人間は誰でも一生のうちに
多方面から無数のお世話になって
生き続けています
恩恵をうけお世話になるばかりです
そこでほんの少しでも社会のために

貢献したいと念ずるのは当然です
有罪事件をおこし受刑されている人
罪を憎んで人を憎まずです
受刑された人の社会復帰と
本人自身の更生の役にたちたいです
子育てに悩む親の皆さんに役だてばと
無料電話教育相談も続けています

9 執筆や講演などの活動をする

父親は読書が好きでした
家の中に本が置かれていたのです
私は子供のころから父の本を読み
理解できない内容も楽しいでした
私は父のように本が大好きです

今では著作も二十数冊の出版を
川柳なども新聞や雑誌に投稿します
読書や執筆さらに出版などが楽しい
時には全国各地から依頼があり
講演などに出かけます
ラジオとかテレビに時には出ます
老後人生もけっこう多忙で楽しい

10 妻や子供家族との楽しい生活

現代社会では祖父母や子供たちと
三世代が同居することはまず不可能
子供たちも成人して就職し結婚する
親をはなれての生活がはじまります
私たち夫婦も自分たちの親は他界し

二人の息子もそれどれが家族をもち
住む場所は異なっています
そのような状況でも心を通じている
時には三家族で食事をしたり
孫たちと三家族が温泉旅行もします
三家族が顔をあわせ温泉にはいり
談笑しながら飲食は楽しい老後人生

第七章

私の確信する死生観

私の死生観は
いのちは永遠に生きるとする考えです。
肉体の消滅はあるがいのちは存在するのです。

1

人のいのちは永遠に継続

私は日本人男性の平均寿命の年齢
同じ年齢の知人や友人の多くが
もう人生も終着駅だとなげく
肉体の死滅が人生の終わり
一般に考えられ理解している内容

しかし私は肉体の活動が停止しても
人は死んでいないと確信している
だから肉体が活動しなくなることに
恐怖もさみしさを感じていません
私のいのちは永遠に生き続ける
この世でもあの世でも
私は永遠で生き続けると信じている

2 肉体の死は怖いものではない

病気とか老衰とかで動かない肉体
私は両親や兄の葬儀で話しかけても
返事がなく無表情の顔を見ると
やはり無常観を強く感じました
その意味でやはり肉体の死は

はかなく異状なことは確かです
しかし特別に悲しいこともなく
涙がとまらず流れ続けませんでした
私たち親子や兄弟は日ごろから
死は怖いものではなく
いのちはこの世でもあの世でも
生き続けると話しあっていたのです

3 私の心身に祖先や親が生存

私は一日二十四時間
三百六十五日いつもどこにいても
決して一人ぼっちではない
寝ても覚めても無数の支援者がいる
両親と祖先が私の心身の中に

常駐して支え守ってくださる
ありがたいことです
私の理解者は私の力になっている
私の活力の原動力は祖先と親の愛
私は朝夕かならず私の心身に
やどって守り支えてくださる方々に
合掌して感謝している

4 生も死もなく私は生き続ける

いつか私の肉体は消えてなくなる
確実な現実で私は当然のこととして
受けいれ納得している
しかし私のいのちは生き続ける
この世においての私のいのちは

子供や孫たちにつながっていく
あの世では往生していのちが続く
極楽浄土に私のいのちがつながる
私はこの世での肉体の死滅を
決して悲しいさみしいとは思わない
生死一如の世界にいる
私のいのちは死なないのです

5 無限の人が心身に生存して幸せ

私は小学生低学年の孫に
おじいちゃんはあなたの心身に
生きていると言ったら
最初は理解不可能の顔つきをした
おじいちゃんの顔と孫の顔が

よく似ているのはつながっている
いのちがつながっているからだよ
この説明に孫は納得して
孫は親や祖父母さらに祖先は
長くいのちがつながっていると喜ぶ
誰でも各自の心身に無限の人が
存在しやさしく支えているのです

第八章

いつでも今が最高の人生

今にまさる時はない。
現在が最高と感謝して精進して、生き続けると
幸せ感にみたされる人生になる。

1

いつの年齢でも今を生きる自覚

高齢になると過去をなつかしく思い
昔は子供のころは良かったと言う
老いたから未来はないと失望する
こういった会話に夢中になる
老人によくあることです

しかし生きているのは現在です
今の生き方を充実させることが
過去と未来をいかす原点です
現在は過去と未来を結びつける接点
若いころの青春ではなく
いつの年齢でも盛春になります
高齢者も今が人生の最盛期です

2 現在は過去と未来をいかす

長い人生の間には過去に
幾度か苦難が誰にもあったはず
勉学や仕事でも次からつぎと
苦労がありのりこえてきました
病気もしたかもしれません

それら全てを克服し今がある
自己の努力をほめ他者に感謝です
これからの未来に希望と夢をもち
楽しく自分なりの方法で挑戦したい
私は朝がくるのが楽しい
わくわくして早朝に床をはなれ
未来に向かって今日を生きたいです

3 老いの人生も感謝して楽しく

若くして肉体の活動が停止する人
無念にもこの世でやりたいことが
出来ずに終わる人もいる
そのようなことも多くあるなか
私は幸せにも高齢の人生を

毎日の生活で楽しんでいる
若いころ病弱で苦しんだ体験がある
ありがたく感謝している
無念にもこの世で充分に活動が
不可能な人たちの分も考えて
今日もまた充実の人生を目ざして
私は感謝し楽しく生きたいと思う

4 幾つになっても夢は多くある

年齢に応じてその時々の夢はある
若い時は進学や就職などに
夢があり希望があった
私は高齢になり体力はおとろえた
それでも夢や希望は多くある

ありがたいことです
朝に床をはなれるのが幸せで楽しい
今日もやりたいことが多くある
行く所があったり仕事や学ぶことも
一日中の生活でテレビが友だちの人
私はテレビも友だちですが
仕事や学ぶ分野で友にすること多い

5

今日もありがとうと合掌の生活

朝の起床時に感謝の合掌をする
一日を終えて就床時にも感謝の合掌
今日の一日の全てに感謝です
人間はどれほど有能な人も
一人の力では生きられない　のです

有能な人でも多くの無限の恩恵
さらには支援に支えられて
守られ生かされているのが現実
すべての人は感謝の生活が大切
感謝して正直に精進する生き方
この姿勢を忘れたら幸せはない
感謝と合掌は大切な生きる姿勢です

第九章

私の座右の「四字熟語」

人間が日常生活を、円滑に平安におくるための真理が詰めこまれています。
日常のヒントになります。

1

安心立命（あんしんりつめい）

人事を尽くして天命を持っている
心が常に安らかで落ちついた心境
取り越し苦労でむだな心配をさけ
今やるべきことに可能な限り集中
日中よく働き夜はよく眠る心がけ

2

一期一会（いちごいちえ）

一日二十四時間は生涯まったく同じ
しかし生活内容は完全に同一でなく
だから人生ですごす時間は
すべてたったの一度かぎりの出会い
大切に感謝して人生をおくりたい

3

脚下照顧（きゃっかしょうこ）

他者の生きる姿に厳しいこと多い
そのような自分の生き方はどうか
自分の足元をよく照らして
見つめ直して反省しながら
大切な自分の人生を充実させたい

4

公序良俗 （こうじょりょうぞく）

人間は社会的動物です
秩序ある社会や良い風俗で
互いの人間生活を楽しくしたい
一人の人間として
幸せな社会を維持する努力が大切

5 悉有仏性（しつうぶっしょう）

この世の全ての存在に仏性がある
人間もまた一人の例外なしに
仏性があると考えて生活したい
罪を憎んで人を憎まずの生き方
理想だが大切にしたい人間観です

6

順逆一視（じゅんぎゃくいっし）

毎日の生活のなかで
自分にとって良いこと悪いこと多い
その現実にふりまわされていると
不幸の原因になる
喜び悲しみを越えた境地で生きたい

7

少欲知足（しょうよくちそく）

多くのことを欲しないで
満たされていることに感謝して喜ぶ
無いことに不満である前に
有ることに感謝して生きたいと思う
無いようで有ることが多いものです

8

晴耕雨読（せいこううどく）

晴天なら外に出て田畑を耕し
雨天なら屋内で静かに読書をする
人間どのような状況や環境でも
やることとやれることが多い
どの時間でも有効利用が可能です

9 知行合一 (ちこうごういつ)

知識と行動はできる限り同じように
毎日の生活で考えて言動したい
知っていながら言動しないのは
知っていないと同じ結果になる
行動がともなう知識でありたい

10

涅槃寂静

（ねはんじゃくじょう）

この世は苦悩が存在する世界
その現実のなかにあって
苦や迷いをたちきり心安らかに
生きる生活を実現したい
誰もが願う私の究極の世界です

おわりに

長く生きることを「余生をおくる」と言います。

私には余りの人生ではなく、与えられた恵みの人生です。

私の高齢期人生は、「余生」ではなく「与生」です。感謝、感謝のありがたい「与生」です。

毎日を大切に、少しでも充実させて生きたいと思っています。

私は考え方や生き方において、抽象論を基本的に好みません。きわめて具体的、日常的な実践可能な発想と生き方が好きです。

全ての人は幸せ人生を望んでいます。それなのに、自分の人生を不幸にしている人がいます。

同じ環境や状況にあっても幸せな人と不幸な人がいます。

発想と生き方しだいで、同じ人生も幸せな日常になったり不幸になったりします。

本書の内容は、私自身の日常生活の発想と生き方の現実です。

一人でも多くの皆さまに参考となり、少しでも役立つことがあれば幸せです。

合掌

宇佐美 覚了

■著者プロフィール

宇佐美 覚了（うさみ かくりょう）

１９３７年に三重県に生まれる。南山大学文学部（現・外国語学部）卒業。現在、作家・社会教育家・講演会講師。

大学卒業後は海外貿易業務に従事。海外貿易で仕事中に資源の少ない日本にとって、人材育成の重要性を痛感して教育分野の活動をはじめた。長年にわたり、学校教育・家庭教育・社会教育と広範囲な活動を積極的に継続している。

この間に奈良の内観研修所の故吉本伊信師より、懺悔と感謝の法「内観」の教授をうけた。

さらに三重の妙蓮院専光坊の霊雲軒秀慧老師様より「仏法」の指導をうけた。

高校と大学時代は「キリスト教」の教えを受けた。いずれも得難い指導で私の人生を大きく向上させていただく原動力になっている。

他にも、家庭・学校・社会で数えきれない慈愛深い人達から、有形無形の支援や教示をうけてきました。ふりかえってみると感謝の連続でした。

今、高齢になった毎日は、少しでも社会に恩がえしをしたく、私なりに積極的に自己実現と社会貢献をしたいと念じて楽しく幸せな生活をしています。

教育博士・社会文化功労賞をうける。

◎社会奉仕活動

・無料による電話教育相談と電話幸福実現相談。
・刑務所の受刑者の皆さまの、社会復帰と更生のお手伝いをする篤志面接委員。
・三重県津市に在住されている外国人の皆さんの日本語習得のお手伝い。

・その他、各種のボランティア活動。

◎**著書**

『子育ては心育てから』（ＫＴＣ中央出版）
『あなたのライフワークの見つけ方』（明日香出版社）
『この一言で子どもがグングン伸びる』（海越出版）
『三快ビジネス人生のすすめ』（総合ライフ出版）
『母親の家庭内教育法』（産心社）
『子育て成功五〇の方法』（ＫＴＣ中央出版）
『定年！　第二青春時代』（彩雲出版）
『おしえて！　電話先生!!』（クリタ舎）
『今日も！　幸せありがとう』（浪速社）

他多数

◎私の日常生活の基本姿勢

明るい希望の社会実現は皆の願い。
実現のために少しでも貢献できれば私は幸せだと考えて、
心身ともに健康で人生を充実し楽しみたい。

■妙蓮院専光坊の連絡先

〒511-0115
三重県桑名市多度町南之郷三八三
電話：0594-48-2178
FAX：0594-48-6335

■講演やセミナー講師の依頼先

〒514-0041
三重県津市八町二丁目三番二三号
宇佐美 覚了（うさみ かくりょう）
電話・FAX：059-227-0803
携帯電話：090-1410-3597

老《お》いても人生《じんせい》花《はな》ざかり

――老境至福人生詩

二〇一六年三月二十二日　初版第一刷発行

著者
宇佐美　覚了

発行者
杉田宗詞

発行所
図書出版　浪速社
〒540-0037
大阪市中央区内平野町二-二-七-五〇二
電　話〇六（六九四二）五〇三二
FAX〇六（六九四三）一三四六

印刷・製本
モリモト印刷㈱

落丁・乱丁その他不良品がございましたら、お手数ではございますがお買求めの書店もしくは小社へお申しつけ下さい。お取り換えさせて頂きます。

Printed in japan　ISBN978-4-88854-497-9